明石、時、

akashi,toki,

陶原 葵

Aoi Tohara

思潮社

明石、時、

akashi, toki,

Aoi Tohara
陶原　葵

天体の暗い水を深くくぐりぬけ
立ちのぼるあぶく　ひとつ
宇宙と交信するように　いっしんに
土を無数の線でうめていた
あのときのわたしの

うしろ姿がみえるのだ

いのちに名をつける　ということの
手にした枝の　ふるえがとまらない

明石、時、

i

いつものめまいではなかった壁の時計の急速な回転がとまらない
受信しているのだろう
でもこれでは何時なんだか（唯一の、粘り糸なのに
体感ではわずか数分
あっというまに半日が過ぎたことになっていて
（非現実のかたちがまるい、って

さかさにまわしてはいけない　壊れてしまう
と　おしえられてきたのに
針は今度は逆回転をはじめ

「……まきもどす…」
もう何回　きかされたことば
まったく共感しなくなった自分がここで
こんな形でそれとむきあわされる

壁からはずすと丸い頭に埃
あれ以来、　の堆積にしては
案外、　　たいしたこともない
と　　　　弧を拭きとると今度は
横たえた秒針が　　五分幅の痙攣をはじめる

ii

断末魔などはみない
遠いところで大きな地震があったらしいけど
時は無批判に　あの　歪んだ場所にすいこまれてしまいがちで

（ほんとはいま　何時だろう）

ここには留まり止まり　すわること　　憩うことができず
ずっと立ちあがったまま

変更線を踏みこえ

未明の歌舞伎町　　炎天下の
青梅街道　　事故現場の吉祥寺　　小金井　と
スペースがないならおなじところをぐるぐる　あるきつづけることしかできず
寝しずまった病院の廊下を窓のしらむまで

*

iii

失ったばかり　のひとと
森のおくへゆく

「睡蓮はすべて枯れました　養生中です」
という札を通りすぎ

みわたす紫と緑の花株には　ひとつひとつ
小さな名札が立てられて　　雨、

これらはすべて墓碑なのだ　　と
いいだすひとを見あげながら

（いや　花種の名でしょう

（いや　学名ではない　日本語だもの

（いや　ついているのはそれぞれ雅《みやび》な名
　薔薇にプリンセス・ダイアナとか
　蘭にマリリン・モンロー、みたいに　花菖蒲には和名が

（いや　この水の下には　多くのものが泥土に埋まって
埋まって名前を与えられて　決めつけられて　諦めきっている
森のおくに　こんな大きな墓の流れがあるなんて

そうだ　といわれれば　ちがう　という確信もない

――失ったばかりのひとと　森にはいるには
銀色の風船を握らせてくるべきだった

もってきたはずだったのだ、　私は。
後ろ手にしていたものをさぐってみるが
糸だけが指に食いこんで

すべてが滲んで滲んで　帰り道がわからなくなり
「つつじ山」の札をたよりに
色のない土をのぼる

風船は　鋭利な空気に　切り刻まれてしまったのだろうか
常緑樹の梢や　鳥居　　緑青のふく駅舎の屋根
見あげても　どこにもなく

v

（でも　あのような流れる場所に埋められるのは嫌
　埋めることも
　即身仏が坐る土だって　流れてなどいない　だから
　　痩軀も徐々に涸れて

失ったひとは
かわらない　　あの場所から
竹筒の大きさの視野で　　まだ
静止した時を呼吸しているはず

探すことも　探されることも　もうない
時が変えることのできない　変わらない　　空間のありか　だけは

vi

「時間というのは　空間なのだ　時間がたてば子供は大きくなり
　空間を変える　やがて孫がうまれ……」

失ったひとの空間　は
あの　立方体　に　くりぬいた
土の中

鈴の音が　ときおり
　きこえる

いつもいたずらに武器を
もてあそんできたみたいだった

長安一片月　　とは
うしろにまるみをかくした　球体の部分ではなかった
濃紺の空に　しろじろと
よく研がれた鎌のようなそれを　咽喉もとに舞いおろし
足もとに　どう、と落ちた頭部を　ちら、とみて
きのうみた兵馬俑のほうがきれいだった、と

そのまま　となりの部屋にいって
へこんだアルミ魔法瓶から　大陸の硬水をのんでねむった気がする

肺を　柳の羽毛で　いっぱいにしながら

viii

山梨　増穂　　登り窯の火を噴く口に
たてつづけに赤松の薪をくべていた
そのなかの　まっている焼きあがりは
自作の陶器　　では　　なかったかもしれない
ずっと　山かげの　　煙を嗅いでいた
それでもぼうぼうと汗をかく自分とはけなげなもので
隣には　マスオさんの八方窯があったが
持ちだしには釘が刺さっていた

なにを終焉と思うか

ix

あそこにいこう　あそこにいこう　と　いつも　背中が
あそこにいったら　つぎはここにいくことになるよ　と　　耳が
それはそれで　そのときのことだ　と　　左脳が

とにかく　あそこにはいけたのだが
つぎに　いく　という予告は　　そのだんになって
うしろ手にした美酒を　　すこしずつ零しながら
あとずさり　　あとずさりして

右脳ですら　あの　ただならぬ発汗が
うしろに用意された　　噴火口のせいだとは
（　眼は、なにをしていたのだろう　）

あのころは　表にでて　足は　歩いていたのだし
手　　それに胸　　いっぽんの横たわるチューブ　などではなかった
武器の報いはこんなかたち

（あんなこと　こんなこと
それはたしかに　あったのだ、）

それでもいまは

いつだろう?

x

tiic　toc　　tic tac toe　　と　肉や血管を　秒針がめったやたら突きやぶって
縫い　すすんでいくので　いつ心臓にたっして終えるのだろう　と　待っている気分で
日々すごすことにも　慣れてきました　（その前進はなんだかたのしみでさえあって

四方八方　⛔ no enter　のマークがはりめぐらされて　　未来にも過去にも
現在にさえ　移動することができず　　ここにチェス駒をうつされるように　置かれて
からというもの　　皮膚は爛れて　ぼろぼろ剝がれおちるのに
その散らかった床も　まだ　　そのまま
すべて　直線で仕切られた世界に置かれたとき　どうしたらいいのか
とにかく　水分が　すべてなくなるほど　　蠟のようなものを溶けだしながら
鏡　や　鉄　の域　に　　体あたり　をつづけてきましたが　　痛みももう
わからなくて　　（破壊にあたると人はわすれる　　ことばあそびもおけいこも

xii

さすがに自己防御　免疫反応か　起きあがることができなくなり
背におおきな鉄板を　負っている　のに　ここには巨大な磁石　があって

身体を剝がすことが

できない

xiii

たまにふっと　　眠るのでしょうか　脳がほどけて
　たまった疲労が　融けだすのが　　わかります　なにか
流れているのですが　それはなんとなく　油の
ようなもので　あるかもしれず　　それは
　海のほうに　　　　漂っていくようで

そういえばあの　吹きっさらしの島に　　まだ
女神はたったままでしょうか　　彗《すい》星の衝突で
頭が飛んだ映像しか　　おぼえていない　のですが

ここです　　　かつては　一点の非もなく　すくっと二本
それは美しい立ち姿で　　街の　いいえ　世界の　　稜線を描き
ただ　実は　足もとからは　たいそう寒い風が　吹きあげていて　たしか傍らの
小さなものたちをひきよせては　　そのころは　　すこしも奈落でなかった地面を
　畏れも知らず覗き　　　（意味もなく勝ち誇ったように　　覗き

ふりかえればまわりにも　　身を固くして手をつなぎ　ここを　　今このときを
やりすごそう　という人びとに　　　あふれていたものです　　が
かつて　　そう　　あのころ　は

いつからか、突然落下、しはじめたようです

xv

放たれた身体は　手を伸ばしても　足を動かしても　何も触れ、ないので
そこは岩山や　雪　アイスバーンの　急勾配のようなところ　ではなく　まわり
　にあるのはたぶん　kuu　空洞　いや真空ではない
中に微細な破片　粒　のようなものがあり　さらさら　落ちつづける時間が　皮膚に抵抗し
見えない無数の　傷をつけているらしく　なぜでしょう　あのときは　少しの熱さも
　なかったのに　どのくらいの速さ　で　落ちているのか　まわりは何色
目をとじたり　あけたり　してもなにも　風景は　色は　かわらない
　　わからない、

外がわに滲みだす擦り傷に指を這わせると気づく

xvi

ああここだ、　と　おもった　あのとき　たしかに立っていた場所
あの二本の立ち姿　（風の吹きさらす
無意味に　誇らしい地点こそが

予定された奈落の　頂点であったかもしれない　と

x : vii

痛い夢に耐えた日ごとの末に
枕の下にたまっていた　記憶物質を見出したので
掃除機で吸いとったけれど
ときおりまなじりをよぎる　声のうしろ姿として
のこり滓のあることを知る

物質にはいつも　陽光がまつわっているので
それを　はちみつのように舐めとってくれる
（たとえば生まれてまもない仔兎）をもとめたい

陽にあたらないと　いつまでも粒化しないなら
出かけたほうが　風もとおるのだけど
河を渡ろう　と身をおこすのは　きまって　夜半

x⋮viii

この世のすべて、が、　cube　？
ずっとなじんできた　lego もみんな変形してしまい
モザイクよりは少しましな液晶に　匹敵する映像を
かたがた　作りあげてみたい　ものだと
閉じにくい瞼を押さえた翌朝

枕にはおびただしい結晶がちらばり
あの　黒い犬、があらわれ　前足で掻いている
記憶は　（もう、やっと、）　精製されていた（しまった、）らしい

案外うつくしい　など思いつつ手箒であつめては
つかいみちをかんがえている

x
ix

（つま先や視線で　どんなにつよく
楽園、追放の背をおされても
守りの両腕を　ゆるめてはこなかった）

x
x

立方体という全き形なのに
南京錠をかけられたのがひとつ
あのころの不具のでっぱりとして
咽喉もとにひっかかって

xxi

この世に
一組の
立方体、

つめたい座布団のうしろ姿
泣いたようすはなく　しろじろと伸びた爪
遺書遺言　らしきを書いて
いるつもりらしいが　まったく神妙ではなく
各頁ニ　桜吹雪　舞ヒ
そんなものよりせめて書くべきは

（…眞身舎利　本地法身……*）
（…普放無量無辺光……**）

見えている蹠《あしうら》に
その耳のうしろにも
いや許されるならすべての壁面に

*舎利礼文（曹洞宗）
**正信偈（浄土真宗）

そこの窓にあるのは四角い格子?
いやあれはマンホール　都会の排水溝用だし
　　　(流れて、しまえば

そこからみえる空は　月は　地下水のよどみも
賽の目に切れてきれいだろう　cube

じっとみつめていると　ところてん式に　ぐにゃり　とゆがめられて

xxiii

かたやなにもかも嫌になったことなにもできなくなったことが
むしろ嬉しくなってしまいときおり薄笑いするのがひとつ、

いつ投げられたのか
ころがったままおきあがらずにいる
泣いたようすもなにも　なにもかも尽きて

面のすきまをすこし開いて　眼をのぞかせているけれど
網膜だけがたよりだったのに　Vサインにいきなり両目を衝かれ
その爪が脳に達してしまったので　たぶんなにもみえない

なぜか立体の態をなしているのは
（溶けるほどの温度差も　まわりにないもの
立方体といっても　指でおすと　ぶよ、と凹みそうで
やってみたい気持ちを抑えるのに懸命だったりして
無為を囲むエネルギーの使いみちは多岐
なにか気をもんだり喜んだりなぞ笑ったり　　ひとなみに
のこされた時間は長くない

のんきに
へいたんに
世の果てと果てに在りつづける　つもり

xxv

ひょっとするといつか　入れ子になっていて
眼を覚ましているまだ生きている　ほうが
それとしらせ
または交互に色ちがいの点滅をはじめ

xxvi

としたところで

（気づかれることも　なかろうよ

（光リ　cube、　光リモノ、　cube

（丸腰なのであんがい無事に生涯を終えそうな

いとど心つくしの秋風に

そのへやにはたったひとつ、まんなかにマホガニーかなにかでできているおおきな黒いつくえがある。そのむこうがわに小柄できれいなわかいひとがすわっている。あまり突然でにこやかなのでどぎまぎしながらまあ、ごゆっくり。わたしはカウチに寝そべった。ネクタイ？などしているのか咽喉もとがくるしい。そのひとは背すじをぴんとのばしてたじろぐほどまっすぐわたしの目をみてはなしだす。さっきからそのひとのきっちりそろえたひざのうえの箱が気になっているのだが。

やがてそのひとは箱のひもにひとさしゆびをかけてするするとほどく。べりべりと紙をやぶく。なかにはぎっしりつやつや大粒のナポレオン。（くだものか、こまったな。）

とおもったのは皮算用でそのひとは咽喉から包帯でもひきだすようにいっこうによどみなくはなしながら（ふむ）箱からとりだしてひとつぶずつくちにいれる。（はあ）床に種をはきだす。（へえ）わたしからすこしも目をそらさずに。きそくただしく動く顎。はるばると口もとからかぐわしい息。（わたしはアレルギーなんですよなまのくだものの）

咽喉のおくからひきだされるもの、うすい包帯におもえたのはきゅるきゅるふくらんだ、まあたらしい腸。足もとにちらかっているものがにぶく動く。あちらにも、こっちにも。そのひとが、きれいな頬をふくらませてわしわしと咀嚼しては、ぴゅぷっとひと息に吐き出しているもの、種ではない。むかでだ。（どこかでみたことがあるなこのけしき）体液のしみが床にどんどんふえていく。わたしの咽喉にぴんぽんだまがせりあがってくる。　（ふう）

さてこのひとはおとこだろうかおんなだろうか。《電話が、かかりにくくなっています》「あのひとはいつもいうのですわたしを――《ピー》」　「わたしを――《ピーーー》たいのはわかっているのですがまさか」・・・・・・・・・・・・・・・・・・・・・・・・・・・・・・・・・・

そういえばこのひとのはなし、父についてなのか母についてなのかきいていなかったな。ところで、おいくつですか、あなたは。さいころをひとつ、点眼してカウチからおきあがるといない。床にひろがる模様ばかりリアルな網膜で。

縫合しなければとうていふさがらない傷ぐちを
ネイティブのひとたちはどうしたろうか

原始のかなしみは
放置されたままかたまっている

家わたり、

xxviii

両親が上京しS区にみつけた借家は　桃色の土壁。先住者の設備をそのまま使えるうってつけの。
ただ　風通しがわるいわけでもないのに　玄関をあけると　甘い息のような。　一瞬の不快ののちは
たちまち慣れてしまい　こんどはそれがなくては物足りなくなる中毒性の。　腐乳、くさや、
シェーブル…のたぐい。その一瞬に　もうひとつふみきれない母に　　案内人いわく

「窓をふさいでいる木斛《もっこく》の樹を伐ったらどうです」

繁茂した枝　エナメルの葉は家全体を陰気に見せて。夏だったので　白い花をつけていた　と

「伐ってみて、まだ駄目だったら考えたらいいでしょう」

植木屋さんが掘り起こした土に　何体　もの　堕天使。みなおとこのこだったと

「みわけることも　　？できたのですか」

あったのだ、千葉あたりだろうか、古い庄屋の敷地内の。別の蔵では酵母が息づき　醸され
深くしたたっている　のに　一角に　場違いな洋館の医院。　「東京タワーの設計者です」　白い…
ペンキのはがれた窓枠　　天井いっぱいの金属照明の下（執刀

そう、生まれたのだ　　いや死んだのだった　　か

とにかくここ。
　ここでも、醸されている　　手術室から
　　縁の下はない　　から　　ひややかな白タイルの暖炉から
　　　吐息のように　　風

xxx

そういえば週末ごとに訪れるあの家にも畸形の木斛《もっこく》があった　柿の木に囲まれ　真正面から
ひがんだように腰をひねり　切り落とされた側の腕を伸ばし　盲目ゆえ　近づくものをやみくもに
からめとり放そうとしない　むこうがわの壁の透ける　そそけた枝や　赤茶けたまばらな葉
　（あの、髪の、ようだ）

「だからいきたくなかったのかも」

「なぜ伐ったのだろういちばんだいじな枝を」

「いつのまに根こそぎに」――


せっかくしたというのに誰にも気づいてもらえなかったし　もうだれもいなくなって　ここにはほんとに

「薫らないね。金木犀《きんもくせい》。・・・は、どこにいったの　そういえば」

「たしかあの木斛の、なくなった枝の横で、だった。三歳で。

赤いワンピースをきて写してもらったのが飾られていたはずじゃなかった？

そうあの　写真館に」

いま思い出すのは雪原でも紅葉でも氷河でもない人間の頭が頭蓋のまま皮ごと、こんなにも精巧に縮小萎《しな》びてしまうというネイティブの教え。かつて命を司ってた　なのに新大陸どこの博物館でもあたりまえに陳列され　多くの人の目になんでもなく晒される遺頭。

「ねえあれなあにあの　トロルみたいの」

顔は固そうなアンバーの暗い皮膚　なのに　毛根もそのままに　おどろくほどつやつやした長い白髪

おもちゃ屋さんにある人形　トロルそのもの

「髪とかしてあそびたい　ヨーヨーみたいにふりまわしたいよ」

「車のルームミラーにさげて」

xxxii

それを見たのはただの偶然　あそこまでいって　そしてここまできてなんでそんなもの
しかおぼえていないなぜいまごろおもいだす？　　まるで恩寵みたいに。

これもいずれいくさきの　　否　すぐそこの鏡面

「玄関に映ってる」
「そう　いつも未来のさきどり」

「記憶というのは物質なのです　夢、もそうです」

振り返った医師の唐突な言葉を聞いて以来　耳をかたむけると音がする

（——どんな物質なのですか

聞き返すことができず　それはもう行くことのない海岸に何年となく吹き寄せられている

咽喉をせりあげるもの　足にあたる粒子はしだいに粗く　　そして画面も

そう　あの遠い変形した岩と。

xxxiv

マホガニーの家では　きまった時間に階下で風船つきの音がする
今日は紙風船なのか乾いて規則正しい
大家さんはもう何年も三歳児の時間を生きている

そのけはいとともに　あの小さな木の橋をわたり　雑木林をぬけて
駅の雑踏のむこうまで
副菜二品を　買いにいかなければならないのだ

耳をふさぎつづけることはつらいので　まっすぐには歩けなくなった足を
それでも交互に運んで　人目を気にしながら

xxxv

夜が来る
隣では中国人家族の　大宴会がはじまる——ワールドカップなの？　この世のものならぬ嬌声
漆黒の床にもびりびりと熱はふきつけられ　壁にはった新聞記事はひるがえり破れそうで
きつく閉めておいた窓を翌朝　あけてみると　隣家はもうもぬけのからなのだ

反対側の家では　朝四時から　剪定の鋏の音が止まない　急場しのぎのカーテンに隠れ
破られた夢に　またも血が吐かれる　あの柱の色の。
それはもうなんでもない日課のようで

午後　かわらないのは階下の紙の音
ひ、ふう、み　ひ、ふうみ

xxxvi

最近の治療は血をぬくのよ、と　まことしやかに告げられた、あの時見ていたのはあの萎びたアンバーの
唇が動くのだったろうか、したりげに。ぬくことによって再生をうながすのだと。浄化の形式だと。
マホガニーの柱はそこに流したものの。夜半に走らせるデッサンの。鉛の色も塗りこんだ鈍色《にびいろ》の光沢。
そのために　私たちはあの家にいたのらしい

xxxvii

下駄箱のうえにおいてあったのが
あのピラミッドの四つの隅にあったのとおなじ
蛇の頭だと
気付いたのは
ずっとあとのことです

曲げられた釘に。

xxxviii

隠さなくてはいけないあの映像だけは、とリモコンを押すのに
ニュースはどこもモニターに映っていた現場の画面をちらつかせている
あれはたしかに私だ
洋館の居間のようなところで談笑していて
――直前の映像であるらしい

x
x
x
ix

いたのだ、　と言われればそこにいたような気もする
そしてとりかえしのつかぬことを
したような。
おぼえがない　とはいいきれぬうえ　ところで被害者は誰なのですか、という疑問さえ
私には自明らしくて
ほたり　ほたり　と　したたる白濁したものがどこかに溜まり曲がった石筍をつくっている
洗面所で鏡をのぞいても像が映らない
壁には焦点のずれた写真が　落し物のように鋲でとめられ
「なあに、これしきのことで罪人になるほどの野暮ではないよ」

x
x
x
x

忍び込まれる気配にまぶたがひらき　今日もまた　　黒い床を軋らせて各部屋を回る

あやしいものではなくて　硬い鉛筆の芯が　夜の底を削っているのだった

つぶれた蟻の死骸のような姓を　　足もとに散らかしながら

目覚めたものが（同じように）　耐えられず起き上がり

闇にびりりとはしった罅をなだめている

（おそらくは、あれが祈りのかたち）

——あれから何年もたちますよ、なにをしているのですか、もったいないことですよ

そう、無為よりもっと浪費なのかもしれなかった

あのころ　瓦礫の埋立地上空を舞う　無数の鳥の一羽であった　気もする

いや、鳥はなにか物色はしただろう、物色ほどとおい営みはなかったのだ

いずれ善福寺川におりたつ一羽の鷺でしかなかった　足には搦み、髪、
らせんの
枷《かせ》、柵《しがらみ》

iv
ii

門の前　駐車場の砂利の上にうしろ姿が見える
嗚咽にはなぜか　正座が似合うのだ
「いつまでもああやっているの　さきにすすめないのよ」

——火事を出した家の人は、その夜だけは親類にもどんな懇意な家にも泊めてもらへないので外で夜を明かさなければならない

——つけ火をした人が、うまく燃え上がるかどうかと思つて、いつまでも、火をつけた家のそばに、うろうろしてゐる内に、たうたう火の手が上がつて、火の柱が棟を抜けたら、その人は、急にその場で腰が立たなくなつた

（百鬼園随筆）

考えたくないものをかかえると子供はジグソー・パズルの箱をあける
ピースは次々と　磁力に牽かれるように正しい場所にはまってゆく
その作業が脳に作る空白

絵が完成するまで
治癒のすすんでゆく
うちそと

iv
iv

いつも丸くて弾力のあるものを抱いていた、家の中で。
いつかそれは角《かど》のあるものとなって
抱えていると　時にみぞおちあたりをえぐっている
角を噛んでみる　とそれは　大鋸屑《おがくず》のようにあじけなくこぼれ
（子を産むところも
思えば立方体の場所

iv
v

「なぜウサギかって、鳴かないし散歩もいらないし、なにより吐かないのです。　咽喉の構造が、声帯が
ないし（でもぐうぐう小さく鳴らします。ほかの動物みたいに媚びないけれど嬉しい意思表示はできるの
です）逆流防止になっているらしくて嘔吐ができない。だからウサギには何の草が毒なのか、いまだにわ
からないのです。食べさせたほうがいいものと、いけないものの両方に、ベラドンナがはいっています」

珍しい脈絡、と聞いている　　鼻の人はあいかわらず　ビリジアンの横顔で

「嫌いなのです、動物を撫でると骨の形がわかるでしょう。　それぞれが肋骨の内側に壊死したところを
抱えている。普段みえないそれが、月のところに透視される。
でもウサギといると………あのふっくらしたお腹にはおおきな盲、腸がつまっていて、
それごしに、月の髑髏がみえるのです」

*

iv
vi

かつて身を埋められていた
「白い丘」の前を通ると
虚実皮膜を被った人びとが
睦まじく　暮らしており

——内がわに　音をたてるもの
——供養のために踏みつけるひと

白タイルの中庭の下
ただの無縁仏となる

（わすれているはずはない

それなのに　もうそんなところはなかったように
その場所について　みなが患った失語から
誰も眼をそむけて

丘から日ごと　たどっていた旧街道にも
足をむけることなく

（葬送の道、それでいいのですか

問いかけは届く前に
自ら飲みこまれる
石英化した履歴の堅固さ

ときおり　口にのぼる
光のさしていた　ころの歌は
かたくなな無反応や
当て振りの「憶えてない」に阻まれ
先に進めることができず

ふたたび　咽喉の奥に回収　くるしく
嚥下してしまうしかない

（いつまでも反芻、そうかもしれない
（治癒はとおいはなし

iv
viii

施錠された　むこうのものに思いをはせる
言葉をおよばせる　など
墓あばきに似て　　迷惑千万　？

（本当に、だろうか

それでもあのころ、満ちていたもの、ひと、
あの「白い丘」に

（わすれているはずはない
（時間を、あきらめてもいいものだろうか

――五月、その暑さは墓場を肥やす
――それはこの国のものではないはず

iv・ix

プールの底のような中庭の
まんなかに青い照明
見あげた、多くの眼が、降りそそぐ獅子座を
つぶてとして、ではなく

発熱したままの額　平復できるのは
あの中庭、白タイル、
（だとしたら　　　　（だけ、だとしても

vo

（もう戻れない

　　　戻ることはない

目地に仕切られた　しろかねの錠前よ閂《かんぬき》よ

塗りこめられ無効になった　　チーク扉　鉄格子、　　　否

　　　（縫い込まれた声　　だけ

　　　　　語ることを許されて

ここです、と示された家は　あまりつめたいタイル張りで
まんじりともしない時間　なにかこしらえて暖をとろうと
さがしても厨房に灯がともらない

手探りで　玉葱　土牛蒡《つちごぼう》などもとめてみるが　しめった底にふれるばかりで
三十年経ったシングルモルトの樽のように　ひたひたと液がよせ
ありえない木香までがたち

（ここは地下、否　井戸底　なのだろうか
　微動だにしない　蟇《ひき》　の舌が
　　たまにのぞいて

vii

息をふきかけると霜が飛び
凍えた〈昼顔〉があらわれる

そのまま　つめたい指が
家の中をねりあるく大勢の影たちを
丁重に饗応《もてな》しているあいだ

旅のいでたちのうしろ姿は
玄関を出て　氷点をゆく

もうまなざしもおいつかないので
ひくい雲の下
裏庭に
一体一体運びだす
重たいマネキンを

viii

足跡もつかぬ雪を踏み
ひとり　しゃぼんだまをふく

息は瞬時に凍り
すこし曇った薄玻璃の球

庭にみち
言葉を溜めた虹色に　ころがる

まだ埋まっている〈昼顔〉の
うえに

右鎖骨の上から左のみぞおちあたりまで
斜めにあいたものを
ただ、滴らせていた

むきあうのは面なので
にこりともころがることなく

ひとくさりの語り（会話、ではなかった
のあとで　背をむけたもので

そのあと背後でなにがおこっていたのか
しるよしもない

v
v

六字名号一遍法　十界依正一遍体　万行離念一遍証　人中上々妙香華

そろりそろりと
一遍にちかづいて
「六十万人決定往生」とは
六十万人以外は往生できないのか　と
問う面の人の
なんという無垢　真摯よ

（手を伸ばせば　そこに触れる
　象牙色の横顔　　打たれた頬

v
vi

今年何枚　誓願の額をはずすことだろう
架け替えなど　できるはずもないのに

ただ表札にいまさらうろたえては鍵を開け
膝から崩れそうになるのをこらえるだけなのに

なじんだ庭石が　面になってこちらを見るので
せいぜい　滴ることで帰還をしらせる

晩冬の真夏日には　　摘むだろう
正直にまちがえた草を
汗ばむ土に　手にしたがってつぎつぎ抜ける根に

v
viii

猫が通る　塀のむこう
鴉がおりたつ　柘植《つげ》
昔とおなじ石の層　並び
（ここから水を流して　池にながれこむように

v・ix

過ぎた日の語りに背から刺される
草一本　抜かなかった人の
指を射る　棘に
啓蟄《けいちつ》　その翌日　　待たれなかった　　つづく寿《ことほ》ぎ

枯れ木の裂かれる音がして

vio

香はかたちの在りか
烟は脳にみるみる満ち　満ちて　　息を詰まらせ

（失セニケリ

（失セニケリ

柿の下草

紅葉の落窪

木賊《とくさ》の　あいだ

蕺《どくだみ》の根がひきつれ音たてて

もう戻れないのだ
戻ることはないのだ

縫い込まれた声だけが
いま
語ることをゆるされて

vii

自分のとおってきた道に
いくつもの大きなgarbage《ごみばこ》が
おいてあること

よにげのときおいてきた
クロカンのギアとか
初節句の雛とか
ID
（でも脱げない真皮もある

から
まだみじかい　のに
爪をつむ

ここまでながしてくれたものを
おもいながら

腑におちなかった
ことごとのもろもろを

うす暗がりで
はじきとばされたゆくえの漆黒に
眼をこらすこともなく

viii

匿匣《かくしばこ》に
ひとしれずたまった古い表皮

もしかすると
その重たさで
自分の頭蓋をもたげることができない

地図のような縫合

vi
iv

――もうすぐ何も思い出せなくなる

――では、記憶に苦しめられることもないのですね

――でも、楽しむことも

viv

荒療治は　ゆるい起伏の物語を
これなら手に負える　ほんのひとくさりの囃子として
とおくに

vivi

めざわりがいいのかしら
左手を右眉にそえたすがたのままで
幕のむこうに

（失セニケリ

階《きざはし》ははずされて
かつて光を浴びていた場所など
この世のどこにもなかったのだと
睡魔に足をひかせ

落ちている片方の白足袋

*

vi・vii

ほうかい石の、
墓石が　風に吹かれて　剝がれて　雲母、
きらめいて　てのひらに落ちてくる
それは骨、
風は墓石を　骨にもどす
肉は違和、だから　この変化はむしろ　したしい
通過する耳もと　に

滂沱の、

vi
viii

季節でもなく
呑みこんでもいない

埋め込んだもの
否、結石したものが
　　　　（映像で見える

ひかりと熱を

そして　取りかこむまわりが内がわが　それを

冷やしたり
溶かしたり

　　　　　　できないので

あふれるものをながしてしまった　その
あとの気化熱の冷え　　よ

霧消したたましい　の

陰圧の井戸　から

あのとき

もう何年がたったろう

ふいにたちあがったほむらが
おもったより深く　私の地層を滅ぼしていた
（そんなあたりまえのこと　さえ　気づくのに
こんなに　時が

よこたわっていた熾から
ひそかに聴こえる　とぎれとぎれ　の息　呼び声
手をのばすと触れる岩石が　まだ　熱をのこす

灼熱から鎮《まも》られた夢　その茎　が

灰のなかからすこやかに立って

ふと　仰向けの胸のあたりに
とびのってくるいきもの

しばらく　とどまっている
その軀

かすかな爪あと　柔毛《にこげ》のぬくもりとともに
それさえもいつか　去ってしまったが
のこっている　弱い　圧

あの重み　をのせながら　それにささえられていた　胸　が

（いまは　霊　を　量っている

廃《か》れ野だけが
映る

vii

o

対岸に手をふる影　は　ない
あちらは永久凍土　？　いや　　きっと
秋には　　ツンドラが紅葉
網膜に斑の色彩をよび
ただれた背を　沈めてくれる

空を仰ぎ　風のとおる胸　ここに
降りてきてくれるいきものに　また会えるだろうか
短いあいだ　ともにいた　——

vii
i

――21ぐらむ。　たましいの、重さだそうで
――あるいたあとには　きれいな烟だけがのこっていたね
――あたたかなものを　だいじそうに抱いていたね
背をなでながら　そうしていつまでもおなじほうをむいて
――ときどき　ちいさく手をふって

（そんな記憶だけが　のこりますように

沃野にも
彼岸にも

のびてゆく根は　どこにもない

vii ii

じぶんというものを排泄してしまいたくて
けさからこころみている
すべてなしおおせたところで
そこには　一点を中心にして
すっかりうらがえった同一人がいるだけで
なかおもてになったふうせんのように
粉を吹いているだけ　なのに

vii
iii

のりしろ　？
このまぬけな四文字は
いずれみえなくなるもの

vii
iv

札をもたされて
みちのり

たどりついた御社《おやしろ》にその札をはる
それがじぶんの墓碑

というものだとしても

あの　　やみ

さんどう、口に直結しており

隧道
ぬけたら
そこはたしかに　海　で
みちしおとひきしおの
せめぎあう波打ちぎわ
しかたなく
立たされて足をぬらし
砂にめり込んでいるようにみえる
が　じつはすこしずつ
海水に溶け

vii
vi

…………　ウグメ、ウグメ、

あのおびただしいうたかたは
――ものたちの――
泡だけを吐きつづけ　岸をよごし

vii

ところで人魚の識字率はどのくらいかしらないので
「けっして、ねばならぬ、ゆるしては、べきである」
という識者の言にしたがうことにしている

vii
viii

くらげが　かさをひろげ

とじ

うごいている

あれはどこからかうまれようとするものの

どこにうまれようとしているのだろう

あの軌道は　　みえない　　でも予定されたみちすじ

（うしろむきにあるくと脳にいいらしいよ
いままできた足跡を
ていねいに足裏に回収して

（大変な距離だね

vii
ix

「粟のごはんが炊けましたよ」

viii o

ひとがたを被り
いないひとの骨　こぶりながら*
河ぞいの土手をゆく
采女《うねめ》のように
衣がなびく

歩行にそって
頬のうちがわに骨が響くが
　（舌だけが肉

からからと頭蓋　耳の中が鳴るけれど
この頸椎と肩にはおもすぎて
ときどき　はずして傍らにおく

*しゃぶる

頭蓋の口に指をさしこみ
唾液にぬれた咽喉仏さまと
ともに河原に鎮座して
風をうけるのだが

はずした頭蓋は　自由な顎
かたかたと笑いながら
30センチほどの半円を描いてはずみ

花弁うかぶ水ぎわまで
いったり　またもどったり
そばにきたら　くりくり　さらさら撫で

（髑髏《skull》は骨《bone》ではない
（あの自在さがあったなら

ひと遊びののち
おおきく跳躍して
またこの肩にずしんと落ちつくまで

しばし　休息

そくそくとしみる季節には
もういないひとと
ふたつ

球　・　戯

（髑髏はいたくない　　とんがってないから
　（河原ではずんでも　つきささらないね

あそんだあとの　脈ははやくて

すべてのもの
乾かしてゆく

風

風

押しあけた非常口には
流星痕がわだかまり
子供は逃避不能を知る

「明日もまた　きれいに晴れるらしい」

「予定としては、墓参。」

両のてのひらに　うけとめきれずに
こぼしながら　立っている

このきらめくものは
脚のすぐわきを　ずりずりと抜けていった
長い夢の　尾　から　剝がれ　　おちた
たくさん　　の　　鱗　　？

能「誓願」、北杜夫「楡家の人びと」より引用箇所があります。

明石《あかし》、時《とき》、

著者
陶原《とうはら》 葵《あおい》
装幀者
稲川方人
発行者
小田久郎
発行所
株式会社 思潮社
〒一六二—〇八四二 東京都新宿区市谷砂土原町三—十五
電話〇三(三二六七)八一五三(営業)・八一四一(編集)
FAX〇三(三二六七)八一四二
印刷所
創栄図書印刷株式会社
製本所
誠製本株式会社
発行日
二〇一〇年九月一日